VIRTUD CÍVICA
TRABAJEMOS JUNTOS

CÓMO PROMOVER EL BIEN COMÚN

JOSHUA TURNER

TRADUCIDO POR ESTHER SARFATTI

PowerKiDS
press

New York

Published in 2019 by The Rosen Publishing Group, Inc.
29 East 21st Street, New York, NY 10010

First Edition

Translator: Esther Sarfatti
Editorial Director, Spanish: Nathalie Beullens-Maoui
Editor, Spanish: Ana María García
Editor, English: Melissa Raé Shofner
Book Design: Tanya Dellaccio

Photo Credits: Cover JGI/Tom Grill/Blend Images/Getty Images; p. 4 Dimitrios/Shutterstock.com; p. 5 Paul Bradbury/OJO Images/Getty Images; p. 7 wavebreakmedia/Shutterstock.com; p. 8 (George Washington) https://commons.wikimedia.org/wiki/File:Gilbert_Stuart_Williamstown_Portrait_of_George_Washington.jpg; p. 9 (U.S. Constitution) https://commons.wikimedia.org/wiki/File:Constitution_of_the_United_States,_page_1.jpg; p. 9 (classroom) Monkey Business Images/Shutterstock.com; p. 11 littlenySTOCK/Shutterstock.com; p. 13 (Obama signs) Bloomberg/Getty Images; pp. 13 (people in meeting), 22 Rawpixel.com/Shutterstock.com; p. 15 Victorian Traditions/Shutterstock.com; p. 17 (top) Simon Ritzmann/Photodisc/Getty Images; p. 17 (bottom) Cory Seamer/Shutterstock.com; p. 19 Cincinnati Museum Center/Archive Photos/Getty Images; p. 20 VGstockstudio/Shutterstock.com; p. 21 Drew Angerer/Getty Images News/Getty Images.

Cataloging-in-Publication Data

Names: Turner, Joshua.
Title: Cómo promover el bien común / Joshua Turner.
Description: New York : PowerKids Press, 2019. | Series: Virtud cívica: Trabajemos juntos | Includes glossary and index.
Identifiers: LCCN ISBN 9781538333600 (pbk.) | ISBN 9781538333594 (library bound) | ISBN 9781538333617 (6 pack)
Subjects: LCSH: Ethics–Juvenile literature. | Social ethics–Juvenile literature. | Social advocacy–Juvenile literature.
Classification: LCC BJ1012.T87 2019 | DDC 170–dc23

Manufactured in the United States of America

CPSIA Compliance Information: Batch #CS18PK: For Further Information contact Rosen Publishing, New York, New York at 1-800-237-9932

CONTENIDO

EL BIEN COMÚN

¿Qué cosas son buenas para ti? Tal vez pienses que sería bueno comprar un juguete nuevo, comer tu comida favorita o jugar un juego con tus amigos. Y si piensas en lo que es bueno para tu clase, quizá se te ocurra salir de excursión o ver una película.

¿Y si se trata de algo que es bueno para todos? Cuando algo es bueno para todos —sean de donde sean o quienes sean, y hagan lo que hagan—, decimos que es por el bien común.

PLATÓN

CONTRIBUIR, O DAR ALGO, AL BIEN COMÚN DE TU COMUNIDAD ES TAN SENCILLO COMO CORTARLE EL CÉSPED A UN VECINO U OFRECERTE DE VOLUNTARIO EN UN REFUGIO PARA ANIMALES.

CIUDADANOS EN ACCIÓN

PARA PLATÓN, UN PENSADOR DE LA ANTIGUA GRECIA, EL BIEN COMÚN ERA QUE TODO EL MUNDO SE LLEVARA BIEN Y TRABAJARA PARA LOGRAR UN OBJETIVO COMÚN, TANTO EN LA **POLÍTICA** COMO EN LA SOCIEDAD. INCLUSO CUANDO LAS PERSONAS NO ESTÁN DE ACUERDO, DEBERÍAN PODER TRABAJAR JUNTAS.

BUENO PARA TODOS

Para que el bien común funcione, tiene que ser igual para cada una de las personas de una sociedad o comunidad. Esto significa que debe ser bueno para todos, de la misma manera y en cualquier **situación**.

Si algo es bueno para un grupo de personas, pero no para otro, entonces no se puede considerar común. Por esta razón es tan importante el bien común en una comunidad. Para que algo beneficie, o haga bien, a la comunidad, ¡debe ser igual para todos!

CUANDO RECOGES LA BASURA EN TU COMUNIDAD, TODO EL MUNDO SE BENEFICIA. ES UNA FORMA EXCELENTE DE CONTRIBUIR AL BIEN COMÚN.

¿QUIÉN DECIDE?

Normalmente se decide cuál es el bien común cuando la gente de una comunidad se reúne para hablar de asuntos importantes. Algunas comunidades eligen líderes que los ayudan a decidir cuál es el bien común al aprobar leyes que reflejan sus creencias.

En otros casos, sin embargo, puede ser una sola persona la que decida. Piensa en el salón de clases, donde los maestros determinan cuál es el bien común. Tus maestros tienen más conocimiento del mundo, lo cual les permite tomar mejores decisiones acerca del bien común de la clase.

GEORGE WASHINGTON

EN NUESTRO PAÍS, MUCHAS DE LAS IDEAS ACERCA DEL BIEN COMÚN SE ENCUENTRAN EN LA CONSTITUCIÓN DE ESTADOS UNIDOS. LA CONSTITUCIÓN SIGUE INFLUYENDO SOBRE EL BIEN COMÚN DE LA NACIÓN.

CONSTITUCIÓN DE ESTADOS UNIDOS

CIUDADANOS EN ACCIÓN

GEORGE WASHINGTON Y SU GOBIERNO ESCRIBIERON Y **PROMULGARON** LAS PRIMERAS LEYES DE ESTADOS UNIDOS, LAS CUALES AYUDARON A DEFINIR EL BIEN COMÚN DE LAS GENERACIONES VENIDERAS.

¡QUE SE CORRA LA VOZ!

Para que la gente crea que el bien común es realmente bueno para todos, tiene que promoverse. La "promoción" se hace cuando una persona o un grupo de personas dan su **apoyo** activo a una causa.

Piensa en los anuncios que ves en la televisión. También hacen promoción de sus productos, o bienes, las compañías que quieren que les compres o que veas sus películas. De manera activa, las compañías deben tratar de hacer saber a la gente las razones por las cuales creen que su producto o su mensaje es importante. Lo mismo se puede hacer con el bien común.

PARA QUE LOS GRUPOS, O INCLUSO LOS INDIVIDUOS, HAGAN CORRER LA VOZ SOBRE ALGO IMPORTANTE, DEBEN PROMOVERLO.

PROMOVIDO POR LA GENTE

El bien común puede ser más difícil de promover que una nueva computadora o una venta en una tienda elegante. Esto se debe a que la idea del bien común es **abstracta**. Por eso, es importante promover el bien común de forma que todo el mundo pueda entenderlo.

La gente común también debe ayudar a los **políticos** o líderes comunitarios en la promoción. Las personas deben unirse para promover el bien común; de otra manera, quizá las comunidades no crean que es bueno para todos.

PARA PROMOVER EL BIEN COMÚN, LOS CIUDADANOS DEBEN UNIR SUS FUERZAS. CUANTA MÁS GENTE PROMUEVA EL BIEN COMÚN, MÁS FÁCIL ES CONVENCER A LOS DEMÁS PARA QUE CREAN EN ÉL.

EL BIEN COMÚN EN ESTADOS UNIDOS

Tal vez creas que buscar el bien común en un país tan grande como Estados Unidos es difícil, ¡y podrías tener razón! Sin embargo, existen algunos valores que nos ayudan a formar nuestro bien común.

Creemos que cada persona tiene derecho a la vida, la libertad y la búsqueda de la felicidad. Nuestro bien común se centra en el derecho de cada persona a vivir una vida feliz según crea conveniente, siempre que no **impida** a los demás hacer lo mismo.

EL BIEN COMÚN DE ESTADOS UNIDOS HA SIDO MOLDEADO TANTO POR SUS CIUDADANOS COMO POR SUS GRANDES LÍDERES Y PENSADORES.

THOMAS JEFFERSON AYUDÓ A ESTABLECER EL BIEN COMÚN DE NUESTRA NACIÓN EN LA DECLARACIÓN DE INDEPENDENCIA CUANDO ESCRIBIÓ LAS PALABRAS "LA VIDA, LA LIBERTAD Y LA BÚSQUEDA DE LA FELICIDAD".

¿CÓMO PUEDES AYUDAR?

Como persona joven, tal vez te parezca que no puedes hacer demasiado para promover el bien común. Sin embargo, una vez que entiendas bien qué es el bien común, hay muchas maneras en las que te puedes **involucrar**.

Puedes organizar una venta de pasteles y donar, o dar, el dinero a una causa que sea importante para ti. Puedes hablar con adultos acerca de una ley que te gustaría que se aprobara. También puedes escribir un informe acerca de algún asunto que te interese. Hay muchas cosas que puedes hacer para promover el bien común.

EXISTEN MUCHAS FORMAS EN LAS QUE LOS ESTUDIANTES Y JÓVENES PUEDEN PROMOVER EL BIEN COMÚN. SOLO HACE FALTA UN POCO DE **INICIATIVA** Y MUCHO TRABAJO DURO PARA HACERTE OÍR.

CAMBIAR EL BIEN COMÚN

En Estados Unidos, las ideas acerca del bien común han cambiado a lo largo de los años. Cuando se fundó la nación se permitía la esclavitud, y muchos lo consideraban algo bueno para el país. Con el paso del tiempo, hubo mucha gente que creía que la esclavitud no debería existir, y se hizo ilegal.

Existen muchas formas de cambiar el bien común, pero la mayoría requiere cambios en las leyes o en la forma de pensar de la gente. Esto se puede conseguir a través del **activismo**, votando por **representantes** que compartan tus valores, presentándote como candidato para un cargo público o simplemente hablando con la gente acerca de los asuntos importantes.

LA DÉCADA DE LOS 50 FUE UN TIEMPO DE GRANDES CAMBIOS EN LOS DERECHOS CIVILES DE ESTADOS UNIDOS. AQUÍ SE MUESTRA UNA CAMPAÑA DE INSCRIPCIÓN DE VOTANTES DE 1952 DONDE HABÍA GENTE NEGRA Y BLANCA, TANTO HOMBRES COMO MUJERES.

CIUDADANOS EN ACCIÓN

LOS ABOLICIONISTAS, O LAS PERSONAS QUE LUCHARON POR ACABAR CON LA ESCLAVITUD, TUVIERON UN PAPEL IMPORTANTÍSIMO EN EL CAMBIO DEL BIEN COMÚN EN ESTADOS UNIDOS. ERAN CIUDADANOS COMUNES QUE AYUDARON A LOS ESCLAVOS A ESCAPAR DE SUS DUEÑOS Y LUCHARON PARA QUE SE CAMBIARAN LAS LEYES.

LO MEJOR PARA TODOS

Ahora ya sabes lo que es el bien común. También sabes cómo se promueve e incluso cómo se puede cambiar. Pero, ¿por qué es tan importante?

Vivir en una sociedad no es solo querer lo mejor para ti. También debes pensar en qué es lo mejor para tu vecino, tu comunidad, tu país e incluso para el resto del mundo. La única forma de asegurarte de que esto pase es promover el bien común y hablar con la gente que tal vez tenga opiniones diferentes.

LOS **DEBATES** PÚBLICOS, DESDE LOS DE LOS CANDIDATOS PRESIDENCIALES HASTA LOS DE LOS ACTIVISTAS LOCALES, HAN SIDO MUY IMPORTANTES EN LA HISTORIA DEL BIEN COMÚN EN ESTADOS UNIDOS.

¡TU COMUNIDAD TE NECESITA!

Es posible que mucha gente no entienda bien el concepto del bien común porque dependen de otros para que se lo muestren. Tu comunidad necesita ciudadanos como tú que se ofrezcan a ayudar.

Ya sea en tu salón de clases, en tu ciudad o incluso en tu estado, tu comunidad necesita que participes en la promoción del bien común. Cuando los ciudadanos trabajan juntos, pueden hacer cambios positivos que benefician a todos.

GLOSARIO

abstracto: pensamiento o idea que no está conectado con un objeto físico.

activismo: actuar enérgicamente a favor o en contra de un asunto o cuestión.

apoyar: favorecer o ayudar con algo.

debate: reunión en la que varias personas o grupos hablan con diferentes puntos de vista.

impedir: hacer imposible que se haga algo.

iniciativa: el hecho de proponer o empezar algo.

involucrarse: participar en un asunto, tomar parte en algo.

política: ciencia del gobierno y las elecciones.

político/a: persona que se presenta como candidato a un cargo del gobierno.

promulgar: publicar formalmente una ley.

representante: alguien que habla de parte de un grupo de personas; un miembro de un cuerpo que hace leyes de parte de sus votantes.

situación: los hechos, condiciones y eventos que afectan a alguien o a algo en un determinado momento o lugar.

ÍNDICE

SITIOS DE INTERNET

Debido a la naturaleza cambiante de los enlaces de Internet, PowerKids Press ha elaborado una lista de sitios web relacionados con el tema de este libro. Este sitio se actualiza de forma regular. Por favor, utiliza este enlace para acceder a la lista: www.powerkidslinks.com/civicv/promo